谢湘南
诗集

Shen
zhen
Shi
zhang

谢湘南／著

深圳诗章

文汇出版社

图书在版编目(CIP)数据

深圳诗章 / 谢湘南著. —上海：文汇出版社，2019.4

ISBN 978-7-5496-2840-7

Ⅰ.①深… Ⅱ.①谢… Ⅲ.①诗集-中国-当代

Ⅳ.①I227

中国版本图书馆 CIP 数据核字(2019)第 067621 号

深圳诗章

著　　者 / 谢湘南

责任编辑 / 熊　勇

出版策划 / 力扬文化

出版发行 / **文匯**出版社

　　　　　上海市威海路 755 号

　　　　　（邮政编码 200041）

印刷装订 / 成都兴怡包装装潢有限公司

版　　次 / 2019 年 4 月第 1 版

印　　次 / 2019 年 4 月第 1 次印刷

开　　本 / 880×1230　1/32

字　　数 / 200 千

印　　张 / 8

ISBN 978-7-5496-2840-7

定　　价 / 35.00 元

总　序

吴亚丁

　　20 世纪下半叶以来，在中国辽阔大地所发生的重大历史性事件之一，是深圳的崛起。迄今为止，四十年过去，深圳作为中国改革开放的先行地区，作为改革开放的重大成果，它以充满活力的形象，耸立在中国的南方。

　　濒临香港的罗湖区，是深圳的中心城区之一。20 世纪 70年代末期以来，改革开放成为中国社会经济政治文化生活的主流，香港因素则成为深圳特区发展的重要因素。深圳文学秉承改革开放的深刻影响，在粤港澳文化氛围中发展成为具有鲜明深圳地域特色的新南方文学。作为深圳文学的参与者，同时，也作为《罗湖文艺》的主编，时至今日，我仍然记得2014 年那个秋天，我们首次在《罗湖文艺》提出"南方叙事"或"南方写作"的概念。不，岂止是概念呢？事实上，那一年，我们正急切地期待一种全新的命名，来概括和诠释当代深圳文学的写作。

那是一次偶然的机缘。那年的某一天，我与文学评论家、深圳大学教授汤奇云博士曾就深圳文学的现状与未来展开讨论。深圳地处南海之滨，接续港台之风熏陶，在经济与贸易层面与国际诸多接轨，这些都对人们的生活和观念产生了莫大影响。在这座城市里，热爱写作的人日益增多，遍布在社会的各个阶层，每年都有新人新作问世。在这里，青春的面孔织就了写作的版图，新人辈出，佳作不断。在这里，年轻的活力正在引领写作的潮流，且日益成为引人注目的文学创作优势和标识。在这里，文学创作已经成为蔚为壮观、活力四射的不可阻挡之势。是的，深圳当代文学，经过数十年来的创新与发展，正在步入一个更具宽度与深度的活跃期。作为受惠于改革开放、日益繁荣发展的深圳文学，理应得到世人更多的关注与重视。在这充满希望之地，在这最具活力的南方经济之城，深圳的文学，更加迫切地需要寻找到自己的发展坐标与路径，需要认清楚自己的未来与使命。我们共同认为，深圳文学应该赓续和弘扬自屈原以来的浪漫主义传统，融合和发展源远流长的南方文化基因，在理想的旗帜下，承继古老而新锐的文学梦想。基于此，我们想给深圳文学的旗帜，写上这样的大字："南方叙事"，或者"南方写作"。

自然，我们也有困扰。其中之一的困扰便是，深圳文学研究弱势相对明显。深圳虽然地处全国一线城市，可是大学少，文化（文学）研究机构少。在深圳，能从理论上系统研究探讨深圳文学现状与发展的专业人员也相对较少。一言以蔽之，我们面临的情况就是，我们仍然缺少为深圳文学摇旗呐喊、为深圳文学的发展鼓与呼的人。于是，我们设想，是不是能以罗湖为核心，即以罗湖以深圳的作家为核心，以《罗湖文艺》等文学期刊为平台，团结更多的创作力量，一起来联手推动这项文学运动呢？这样的念头与想法，其实在更早的年份，我们也曾经产生过。若干年（近十年）前，在深圳的文学圈内，我们也曾聚集过一群重要的中青年作家谈论我们的理想。主要是大力鼓励和推动文学创作，鼓励推出新作品——创作出令人心动的新小说、新散文与新诗歌，齐心协力，一起为深圳的文学创造辉煌。这些设想与动机，犹如星星之火，轻易便点燃了"南方叙事"或"南方写作"的熊熊火炬。

从那个秋天开始，我们携起手来，利用掌握文学期刊和团结了一批作家的优势，正式亮出了"南方叙事"的旗帜。次年春季，有感于"南方叙事"构想的顺利推进，我写下了如下文字表达我的热望：

关于"南方叙事"，我们其实是想表达一个梦想，一个关于深圳文学的期待。深圳人，数十年间，经由祖国四面八方而来，聚集在这座辉煌的城市里，充满热情，奋力拼搏，努力耕耘。经过三十余年的努力，取得了不容忽视的成就。我们认为，从这个意义上来说，这是一种新型文学，具备了一种崭新的文学视野，它所讲述的，是关于新城市的叙事，也是关于南方的叙事。——这是我们推出"南方叙事"这个概念的缘由。

从那时起，我们满怀热情，立足罗湖与深圳，在文学期刊中开辟"南方叙事"的平台，聚焦本地重要作家与诗人。为了推动文学创作，扩大社会影响，我们与深圳大学部分文学教授与学者精诚合作，重点配发关于当代深圳文学的最新评论与理论研究成果。当然，更重要的是，我们用主要精力来推介深圳作家作品，在这方面，我们有主要栏目"南方叙事·作家作品推介"。关于"南方叙事"的理论探讨，我们有"南方叙事·论坛（理论）"；关于"南方叙事"的作家作品评价和研讨，我们有"南方叙事·评论"等栏目。通过立体的栏目构建，我们力图让读者对深圳文学的现状与发展有一个全方位的观察和认识。在这样的努力下，深圳的作家和诗人们，以重点篇幅出场，以新的面目示人，以风格各异的身姿陆续走进读者的视野。

由于杂志的篇幅和时间所限，在深圳范围内，仍有许多重要的作家尚没有收录进来。这是一个遗憾。现在，这套"南方叙事"丛书的编撰与出现，便成为深圳文学多声部呈现的另一个重头戏。在对深圳当代文学的巡视或扫描中，我们认为，通过杂志发表作品，当然是一个重要方式；通过出版社的出版和发行来推动文学的创作与繁荣，同样也是一个不容忽视的重要途径。我们相信，这些通过不同方式铸就的文字、画面与声响，将一道构筑起深圳的文学群像，构筑起丰盛迷人的"南方叙事"崭新的文学景观。

在此，我们想强调的是，与寻常意义上的"文学南方"不同，我们现今所提倡的"南方叙事"，并不单纯是一个地域或方位的概念，而是一个突出人与文学的双重自觉的文化概念。我们心目中的"南方叙事"，尤为关注它的世界意识和现代价值。

正是在这个意义上，我们自觉地将自己纳入宏大辽阔的南方概念，纳入南方的范畴。由于深圳地处南方特殊的地理位置，由于频繁国际交往和粤港澳台诸多因素的各种影响，这些由内地各省投奔深圳而来的作家艺术家，他们远离寒冷辽阔的北方，驻足于温暖南方的天空下，呼吸南方的空气，感受南方的花木，身受南方文化的影响，日渐形成了身上混搭一新的新南方气质。这些人，因此又被称为深圳新移民。我们希望，这种新移民身上新生的南方气质，能够与广州珠三角地区，与南粤大地，与整个南中国的文学风气，遥相呼应，形成气候。假以时日，他们将以新的南方文学基因，完成不同文化融合，以创新的姿态，进入中国南方新的文学编程，续写南方文学的浪漫新篇章。

这套"南方叙事丛书"，便是在这样的时代与文学背景下产生的。

收录在这套丛书中的 11 位作家与诗人，其所撰作品体裁遍及小说、诗歌和散文。他们中间，有自 20 世纪八九十年代便来闯深圳的前辈们，数十年来，辛勤耕耘在深圳这方土地上，收获颇丰。有来深圳较晚的年轻姑娘与小伙子，他们在这里嫁人成家，娶妻生子，却仍心怀文学梦想，在繁忙的工作之余致力文学创作，屡有佳构。他们无论男女长幼，都一直忙碌地活跃在当下的深圳，在每一个夜晚与白昼，心甘情愿地执着奋斗于文学的疆场。他们热爱文字，愿意为自己写作，愿意为深圳写作，愿意为梦想写作。他们愿意为生命写作。他们的写作，构成泱泱深圳民间庞大写作史的一部分。他们本身，也即是"南方叙事"大潮中的一群文学弄潮儿。

倘若阅读他们的作品，我祈愿作为读者的您——能够读到一个新鲜好奇的深圳，发现一个心仪有趣的南方……

2018 年 12 月 24 日于深圳

（注：吴亚丁，小说家。中国作家协会会员，深圳市作协副主席，深圳市罗湖区作协主席，《罗湖文艺》主编。现居深圳。）

目录
Contents

第二辑 与假发恋爱

第三辑　痛,载满了乘客

第四辑 影像诗章

生活的依据

致宝塔

我的身体如果不是一块炭

也应该是一个

不轻易开口的贝壳

我躺在洁白的床单上

医生告诉我

我的肾里有石头

我的胆里

有石头

我的肝里

也有石头

我一点都不觉得突然

我心生愉悦，我想

这些住在我体内的小黑豆

总有一天会变得明亮

当一把火
把我的身体点燃
这些宝石
或许可以找到它们
恒久的家

2016. 11. 18

与尔同销万古愁博物馆

我并不确定
此刻的佛罗伦萨
就是历史的翡冷翠
置身戏中
梦中梦
将我包裹

葡萄酒是碧绿的情欲
击穿瞳孔

我寻找但丁的石头
调皮的天使往我身上喷水

身体，被层层打开
托举的绸布，凹凸有致

这是地板上投射着
与尔同销万古愁的博物馆
回旋在反复的弦乐中
此刻，雕塑一样
接受众目睽睽的挖掘

请不要叫我维纳斯
此刻，我在一个美颜相机里
在诗与戏交糅的现场
在一个兔子洞里
在复调里

2016. 8. 17

走在五四大街

走在五四大街
收到鲍勃·迪伦获奖的消息
我朝美术馆东街的
三联书店走去

在三联的新书台
我第一眼就瞧见了
鲍勃·迪伦
他潜伏在
《编年史》里

我想起多年前
在香港九龙城
置身于他的演唱会现场
那就像我们地下组织的

一次内部联欢

老鲍勃在台上唱着
我看不清他是否冒汗了
他的歌
已不新奇
他的荷尔蒙所剩不多
他的嗓子
就像揉成团的绸子
被一瓢水
打湿了

这无关紧要
我们都爱他，此刻
他是我们中的一员

2016. 10. 13

在一套晰白的书的封皮上

谁会在早晨九点
走进一家书店呢

唯有我
我的身份在空气中飘荡了十年
我想起十年前，我曾走进过
这家店，与我接头的是
希梅内斯与埃利蒂斯
今天暗暗向我招手的是
阿尔托与蒂博代

在一套晰白的书的封皮上
他们如同两只
性感天鹅
向我发出

残酷戏剧的邀请

而店内有着轻缓的音乐
而我心里装着一飞机空旷

在这个城市里我认识很多人
但我不能与他们联系

我要对沉默守信
我要继续隐藏时间的滑梯

2016. 10. 14

油锅多么适合你

婴儿的皱纹烈日般潮红
崭新的灰尘侵占心囊

萝卜君、冬瓜君
我决定将你们炒在一起

我决定让你们回到地下
报答漆黑

有谁是盯着日历在过日子的?
如同此刻,萝卜君与冬瓜君
盯着抽油烟机
咬牙翻滚

油锅多么适合你

可不能让你们呆得太久
我的时间已经不够

只有忘记时间
生活才是迷人的

2016. 10. 26

河流淹过了头顶

岁月
日复一日
增长了你的坏脾气

你冲着亲人吼叫
没有比这更坏的了
一切都在变坏

乌云生产机
从不生产
一朵白云

整个天空
都是狂暴的意象
你动用霾

雷霆　闪电
击打虚无

一个好端端的青年
变成令人惊诧的空气

山峦与天空冲撞着
河流淹过了头顶
那些奔涌的朽木与腐尸
像在奋力寻找归宿

我看着一个女儿
从落红的凤凰树下走过

目击自己的叹息
荒乱无比

2016. 11. 2

工地上簇拥着强光

内心有多喜悦，世界就有多荒芜
世界有多艳丽，内心就有多凄切

人性，我对你一点都不了解
绝望，我对你体验得还不够

我没有地平线，也没有海岸线
我只有一管墨水流干了的枯笔

安全帽上的苍天有无数的窟窿
足够吞蚀我眼睛的混沌

我没有日落，也没有日出
我仅仅在午夜的后视镜中窥视

工地上簇拥着强光
黑茫茫的是呼吸我的森林

2016. 11. 11

我恨不是液态金属

手机屏幕摔裂了
我耿耿于怀

我的信息
从此都是分裂的

我在宇宙的某处
数我在的层级
我恨不能撕开大气层
我恨不是液态金属

我碎裂的手机
长成摩天楼
我捏着它
用呼吸包裹着它

天空都碎了
我恨不是液态金属
我恨不能将它打扫

就像将吃剩的甜点
扔进垃圾桶里

2016. 11. 18

废园

我放在老家的那些骨头
随着倒塌的墙垣
都冒出了一层盐霜

好心痛
故园与我生疏成这样

青山绿水上着附一层层塑料袋
青山绿水在招自己的魂

我放在中国乡村的骨头
每一处都碎成了粉齑

我越往这个国家的深处走
心越痛

诗书长草

礼乐被雾霾置换

每一个园子里都悬着荒芜心

鸟儿对着水流的镜子

咳嗽，饮鸩止渴

2016. 11. 22

唱针走不出黑胶唱片

我杀人了
毁尸灭迹，然后
在音符里躲藏

我杀了谁
一个
梦中人

有好几天
梦抓住了我
我用指甲
划墙

唱针走不出黑胶唱片
反反复复

我多么喜欢这首曲子

单曲循环
是不变的模式

没有别的通道
让我离场

2016. 11. 28

佛陀是怎么圆寂的

我侧卧在沙发上
蚊子在我的脑门上嗡嗡嗡

我脑中一直浮现
佛陀坐在菩提树下的情形

清风从远处刮来
摇动着树枝
摇动着晾衣绳
摇动着我的门窗

地下车库门岗处
时不时传来
此卡有效期至
……的声音

手臂奇痒
挠挠
停停

不觉
有鸟声
不觉
天已亮

2016. 11. 29

在腐烂停顿的刹那

在中医院与养老院之间
有一颗腐烂的心

在开幕式与闭幕式之间
有一颗腐烂的心

在开关停顿的刹那
腐烂的心被照亮

腐烂与腐烂相连
有如莲叶遮盖的泥塘

在冬天疾驰的高铁上
枯萎的抖动就是腐烂的心

接天莲叶无穷碧
在天空与眺望之间
有一颗心
正在腐烂

到处都有腐烂的心
到处都在腐烂

在腐烂停顿的刹那
开关被照亮

2017. 3. 10

流水默念着箴言

流水默念着箴言
锻刀的人
已从山中背出矿石

一个俗人
被天空的高远抓取
惊叹霞光的沐浴
睡了醒
醒了睡

片石的堆砌淹过胸口
这层层叠叠的爱
是梦中的证悟
名为扒皮的古堡
是鸟的菩提

我不像个赶路的僧人
一路都是缥缈的姻缘
彩虹第四次在空中闪现
山峰错落　人间摇晃
云雨之后
继续弯曲
继续起伏

2017. 9. 15

烟头的鸟望

我站在山腰
看山下
灯火如故
政治粉嫩如初

我站在山腰
被夜掩饰
在典雅与正确之间
抓草木之阉

我站在山腰
看一小时怀旧的车程
高速路上
泱泱湍流

我站在山腰
向往事投票
向一小杯悲伤
投去舌的绵密
缄默的绕指柔

我站在山腰
吸着无边的暗
吸着看不见的尘
吸着一口长吁
将星火掐没

2017. 10. 24

生活的依据

为寻找一本书
我把房间里堆得乱糟糟的书
重新整理了一遍

可是仍然未找到
那本书

第三天
我细细搜寻家中所有书架
终于找到它
我欣喜得很
就像找到
此刻，我的生活
我这四十多年
生活的依据

2016

晚饭时分

晚饭时分，我经过人行隧道
天寒地冻，平常人少的隧道
此刻睡满了流浪汉
令我诧异的不是
他们脏兮兮的面容
而是他们都在
读一本
厚厚的书

我心生好奇
什么书具有如此的吸引力
让他们在寒风中
忘记饮食
同时阅读

我凑近一看
他们读的不是别的
是翻译成中文的
《圣经》

南极

我要步行去南极
我想
我永远
都到不了

我可能会
死在路上

南极
那么远
远得像一个
怎么也
醒不来的梦

今天发生了一件事

让我

改变了

看法

我感觉我

就要到达南极

我和老婆吵架了

吵死了

南极仿佛

就在眼前

师父

她在我耳边碎碎念的时候
我想一棍子
打死她

她不能停止念经
就像我不能不保护她
我们时常报怨彼此
因为生活中
都被妖气缠身
我们不能同仇敌忾
心往一处想

我想她应再生三个孩子
生了八戒
再生个沙僧

生了沙僧

还应生匹白龙马

这样她就不会只对着我

念咒了

我们吵得生无可恋时

就想起

该去西方旅游了

我们去了法国

去英国

我们去的地方越多

越感觉

真经在握

旅途是良药

回到家

我才又想起

生孩子的事

我说：老婆，经先别念了

我们生娃吧

2017. 10. 24

最近的星

家住楼附近
正在建一座高楼
夜里
那高楼顶端
总亮着一盏灯

像距我最近的一颗星
聒噪过后
变得冷寂

我在阳台抽烟
我没有心事

夜阑人静
我看着它

狠吸了一口

我再狠吸一口
仿佛就能把它
吸进肚里

自私的妈妈想成为一幅画

妈妈带我去逛美术馆
美术馆里有好多画
画中有好多美人儿

妈妈不停地叫我
帮她照相
我当然乐意
在我眼中，妈妈
是最美的美人儿

妈妈说她想成为一幅画
这句话，让我很不开心
这个自私鬼
想得真美

妈妈如果真变成了一幅画

我的日子

可怎么过

2016. 8. 17

我喜欢夜晚恰如其分的黑

我喜欢夜晚恰如其分的黑
我怕这夜里魑魅的眼神

我喜欢老婆的主张
不如把这个月，全市人民的电费
减免了

我怕这天桥与楼宇，树冠的披挂
它的光，是要拒绝我的触摸
是要将夜撕裂
是要把这座城市往烟花里整

我喜欢静静地呆在
静静的夜里

我喜欢那细微的光

一缕

足够牵动

心跳的光

当人造的光吞蚀了月光

消灭了星光

我怕，我心中的光

再也找不到

电源

2018. 7. 1

这世上有许多我们猜不出的谜

这世上有许多我们猜不出的谜
比如一栋大楼如何建起
比如一颗心
如何从身体抽离

这世上有许多我们猜不出的谜
比如闪耀的大理石来自哪里
比如地球的哪方
山空人非

这世上有许多我们猜不出的谜
城市举着亮瞎了的屋顶
顶住我们的呼吸

这世上有许多我们猜不出的谜

我们为什么要猜谜
我们猜谜

这世上有许多我们猜不出的谜
一个谜　两个谜　三个谜
我们猜谜

我们猜不出的谜
越来越大的谜
横亘在咽喉的谜

2018. 7. 4

一切赞诵，归于金鱼

六点钟，就睡不着了
我的身体像一团火
在被子里烧着（这该死的被子为什么会那么厚?）……

我向梦中的人发出一条短信
我知道她此刻是天使
熟睡在自己的梦里

我爬起来翻开《古兰经》——
"一切赞诵，全归真主，全世界的主"
我觉得很好……
起床后我把它改了
一切赞诵，归于早起的人

七点零八分，我跑到荔枝公园

我又把它改了——
一切赞诵，归于晨练者

好久没跑步了，我感觉我的心脏就要跳出来
绕着公园跑一圈，处处可见
扭脖子的人，扭屁股的人

在荔枝湖，成群的金鱼昂着头
它们寻找食物不寻找爱情
我向它们吐了一口唾沫

只有其中的一只游了过来，举起鼻子嗅了嗅
"好像是忘情水的味道呢！"它感叹了一句
然后走开了……

太阳升起得很慢，风依然很寒
那么好了，一切赞诵
归于这条金鱼。

2005. 1. 10

我的肚子里有一条箴言

我的肚子像我的一个客户
不停地向我索要肥硕的感知
我的肚子里有一条箴言
那是我每天割一段风书写而成

我的肚子会唱歌
租赁关系中的水龙头在聆听
香皂在肚腩上打滑
一不留神我就要进入中年

我就要进入中年
这世上有太多的小偷
它偷我的污秽偷我的顽皮
偷我年轻时的暴躁和日夜不息的情欲
可就是偷不走我

迈向壮阔的大肚腩

这世上有太多的小偷
我还来不及说出感激
我肚子里有一条箴言
就像我熟睡时赤裸的身体

誓作惊人语

在中国的上空
我只是一只蚊子

我不代表某种卫星，不代表美国，也不代表朝鲜
我只代表那个这时候正在敲击键盘的人

我自认为有着长长的吸管
但其实长不过一根汗毛

我喜欢在洁白的皮肤上散步
如果我够胆，我的生活同样可以闲散

吸取了足够的血，即使我成了一个大胖子
这点血相对于庞大的人体血库
也相当微不足道

妙人、美人、烂人，他们的血大抵相同
微妙的差别是美人的血是酸的
烂人的血带甜味

如果人都能在自己的身体上切一个口子
任血流淌……这种事我并不欣赏
那样的血会让泥土变质

吸血吸血
我并不像嗜血蝙蝠
倒挂在山洞
誓作惊人语

2007. 1. 22

消防车驶入我体内的孤独

我并没有发现我处在一个危险的境界
我并没有发现一些东西
正从我身体里搬离

我记得我身体里有一棵树
现在连树根都没有了
没有了树根
我觉得我是一个悬浮动物
没有了树叶
也就没有了光合作用
我不能跟我爱的人交换流水
交换湿润

我并没有发现
我即将干枯

我并没有发现

旁人头上的青烟

我发现了蚂蚁，一群搬家的蚂蚁

我发现了鸟，一只跌落在光盘上的鸟

我并没有发现我处在一个危险的境界

我发现了一辆消防车

它不鸣笛行走

有些孤单

虚拟现实

我沿着陡峭徒步
机械的矩阵汹涌而来
货轮经过一天一夜的打印
波浪与涛声经过更久的酿造
那些沉重得如巨型棺木的集装箱
一到海上
就轻薄起来
从远处忽视我的经历

荒疏的人生总有几问
让我思索
找寻答案

湛蓝可以用来做什么？
衬托帆

让它流畅

擦我垒在脊背的汗

令我清凉

还有呢？还有

为蛇在绿道的疾驰

画出温热的射线

这里是惶恐滩头

那里是星汉灿烂

湛蓝的记录

历史的海市蜃楼

每一个皱褶里都有，我观它

一步一个名字

一步一幢高楼

海的边坡也是我的长城

机器手抓风为电

我能做的最狠举动是描绘它们

各自的形状

让曹孟德是曹孟德

让文天祥是文天祥

让风是微笑的尘土

使电有心室与心腔

把机器手关进我的相册

我像个警察，并不幽默

审讯一个记号
疯狂地删除它

而历史有自己的底片
而海有更沉的幅片
我唯一能删除的是我
血肉模糊的材料
睾丸已成电子碎尸
垃圾箱里的乱码

我沿着陡峭徒步
一段 3D 打印的海岸线
短暂隔离了
生活的现场
唯有咸腥
一直尾随

2015. 7. 8

第一辑

SHENZHENSHIZHANG 深圳诗章

与假发恋爱

2017 的海浪

我们并未在沙滩上留下足迹
我们只是看着它
从潮涨到潮退

我们在床上发呆
看着渔船撒网

我们醒来
摸着对方的身体，轻柔地
就像海浪从远处飘来

每一行都不一样
潮声裹着我们的呼吸
蓝色的时间越来越短

2017. 1. 2

在嘈杂的人流中

在嘈杂的人流中
你只与音乐恋爱
与一架钢琴
交换指尖的低语

你端坐琴前
一只鸥
行走在沙滩
你的潮汐
情窦初开
你的闪电
潜入水底

所有的月亮
都在潮汐里

所有的月亮

都是指尖

是大海也是春之祭

是幻想曲

也是安魂曲

所有的琴键

都是潮汐

所有的指尖

都是全部的身体

所有的月亮

都是你的

我愿意

2016. 8. 16

冰的眼神

冰的眼神

在滴水

这一切，都让你的老练

像易碎的玻璃

你无非抱住一块冰

除非你手上有巨大的铁钳

你夹住它

将它拖到三轮车上

让它平躺

你无非抱住一块冰

除非你像它一样

从冰库里出来

冒着白雾

比它更冰凉

你感受着这太阳底下的

你光着膀子

雾也阻止不了汗珠外冒

尽管你身上的汗珠，也是透明的

像冰的小颗粒

像无奈的融化

像脱轨——

越来越远的距离

一块加速度的冰

沉默是海堤

它向着敲击与碎裂奔跑

它向着海里奄奄一息的鱼

它向着鱼肚白

它向着

那必将死去的

一点咸味

2013. 5. 30

与假发恋爱

戴上假发

你感觉自己像安迪·沃霍

或草间弥生

更多时候

你中和了他俩

在假发的迷幻下

你雌雄同体

有那么一刻

我好奇，冲动

把一顶细长的假发

戴上了头

换个发型生活一秒

这种感觉

其实不错

虽然看着镜中的自己

有些娘们

你一定迷恋这种感觉，戴上假发

你是你的妹妹

你是你的姐姐

你甚至是你的哥哥

你身体里的他人

泉水一样

让你解渴

2013. 6

嫩芽

一夜间，街边的树落了身上的叶子
嫩绿的芽苞，从枝丫上冒出
我走在树下，像未成年的长颈鹿
伸展着脖子，任由着耳朵与眼睛
欢跳。我感觉我此刻的鼻子
像芽苞一样嫩
欢畅地吸着气，什么都忘了
什么都不用想
鼻炎也消失了
这嫩，让人心醉
天空也从未这样轻松过
——我想起你
你说过你也喜欢这样的嫩绿
喜欢这城市这季节
你应该是另一只未成年的长颈鹿

我们一同走在此刻的树下
漫不经心，脖子磨蹭着脖子
看见两个紧挨在一起的芽苞
呆呆地，看着它们
迈不动步子

2013. 3. 10

夜雨寄

这雨也与你拉过钩吗

它跑得比我还快

试图用绵延的滴答声

将你陶醉

不管你身体的虚弱

不管你的咳嗽

你的鼻息

喷出的颤音

不管你是否在将它倾听

我以为只有我信了这小孩的游戏

没想到雨也信

它以痴迷与疯癫

赴你的约会

而我像是与它交换了身份

匍匐成点点倾诉

在你的裙下

赴大地之约

2013. 5. 9

雨怎么就认路呢

烟抽得眼睛要流泪的时候
想到开窗
打开窗
外面暴雨在下
灯光模糊晦涩
风很大

雨怎么就认路呢
老天要抽多少烟
才让自己难受成这样
雨是眼泪的兄弟
我想着办法不让眼泪出来
可它的兄弟们
回娘家一样欢呼而下

2007

我有

我有一些枯了的树枝
我有未及点燃的爱情

我有未睡的头皮屑
丢失在亲昵的路上

当我轻触你的头发
走过午夜未遂的街道

我们谈论
纸机翼，一个胖子
和他的恐惧

我有冰冻的燃烧
我的冰块里
有你舌尖的酶

2010

我家的森林

我家的森林　覆盖的是我的长眠
从此在树叶下　我不再发音
从此月亮看我就像看自己

我若有若无的恋人走进森林
她用鞋跟怀念我吻
她用目光里湿润的温软
怀念我的若有若无

想到我身体的气味全部献给蚂蚁
她就难受　悔恨自己没好好珍惜
我体内的珍珠随我带走
因没有抚摸　没有继续
也就没有发光　没有源头

冬天的洞穴在敞开　美丽的大自然零度以下

我家的森林覆盖我的长眠

打鼓的人　吹笛的人　拨弦的人

这些我人世的恋人

都在向我走来

他们的关节挂着冰凌

他们发出悦耳之音

2004. 12. 30

第一天刮风，第二天天空无云

也许我不够勇猛

不如一口风

干净利索

我大脑里

积着太多云絮

还有颤巍巍的闪电

我睡不着

第二天我遇到你

你也说睡不着

我觉得我们在同一片天空下

可你没有出现

被风刮来的一阵香味

也是虚拟的

2008

如果你的牙齿允许

如果我的牙齿允许

我要抽一整夜的烟

想一晚上问题

如果我的牙齿允许

我要咀嚼那些青青的薄荷

我要咀嚼到天亮

如果你的牙齿允许

我的舌头将不从你的嘴中抽离

我要用烟草味与薄荷味

将你的牙齿重新粉刷

如果你的牙齿允许

如果我的牙齿允许

天亮了

我们还一起磨牙

一直磨到天黑

磨到我们

没有了牙齿

大巴扎的裙子

我给她买过一条裙子
一条翠绿的裙子
在乌鲁木齐大巴扎，那遥远的地方
我一眼就看中了这条裙子
这条有着她翠绿呼吸一样的裙子
手工的花朵，环镶在裙裾
就像她的脚步在我身边
轻轻绕动

我想象她穿上这条裙子
一手提着裙摆，一手绕着我的脖子
亲吻我——
真是这样的，她亲吻了我
让我觉得旅行的意义
就是给心爱的人

买一条
称心的裙子

到了有一天
心爱的人已离你远去
你仍然会想起这条裙子
这让你有如置身星空下的裙子
这使你感受到温暖的帐篷一样的裙子
它藏起了你脑袋里
所有的幻想

头发

枕头上，沙发上，卫生间
曾经都有你的头发
即使我用心清扫了房间
不经意在枕边的杂志上
又发现了一根
长长的，你的头发
你的让我在做卫生时
曾经十分烦恼的头发

现在，我相信
我的房间里再也没有你的头发
做卫生时不再会为头发烦恼

某个周末我又开始收拾我的房间
乱乱的书报　每个角落里

都有很厚的灰
没有头发　没有头发
长长的头发

静电

冬天刚刚来的时候

是最好的失恋的季节

房间里到处是静电

去按 DVD 的开关,就像去触摸

伊拉克的美军

他们的驻扎

人人的面孔都有干燥的时候

包括嘴唇

包括想要说但尚未说出的话

包括脚趾头

那散发臭味的文字

这是多么不安的冬天

身体随时准备被电击

那无处不在的颤栗

提升着我

2007. 1. 21

冬天

阳台上的树落发

我咳嗽　声带失声

带还在　只是越来越肿

爱情也发过炎　好多时候

她只透过猫眼看我

像看木偶剧中的年　传说中的兽

年真的来了　我的年　我的我

穿白风衣　戴绿眼镜

好绿

好绿　好绿　也好冷

我真想抱她

像抱 365 个容器里的我

但我怕容器哭　她哭

我就碎了

我就回不来了　我赖着她

乡土赖着我的童年
我对她说
把你的童年给我
她给我　她给我　她只给我
一张落发的
火车票

囚犯

与阿尔布莱布监狱不同
你的监狱只为我设立
你关押着我
从头到脚
你关押着我
从头到脚
你都是我的监狱长

你用不理我
来缝我的嘴
你用不看我
来蒙我的眼
你放大了我的鼻子
要我走过黑暗通道
我的鼻子落满了灰

你用不问候

让灰心安理得

你用不清理

迫我

甜蜜地窒息

你用，你停下来

你什么都不用了

2004. 5. 30

细菌

慢慢地培养
细菌会长成蘑菇
再细心地呵护
细菌会长成
避雨的伞
再细心点，亲爱的
你我再细心点
细菌终于长成了一个凉亭

那从我身上
传到你身上的细菌
现在供我们休憩
在喘息未停之前
让你我再抓紧回忆
"哦，亲爱的

你曾经说痒

钻心的痒……"

指针在动，手表有奇异之力

一块砖贴着另一块砖

另一块砖贴着另一块砖

它们的亲吻，不分离的身体

被刷成白色

在墙里，封存

你将看不到我

如果我不出门

我也将成为白色

在白天隐匿

我是枪

我是枪
从不轻易表白
表白即杀伤
表白即震慑

我是枪
生活之中
习惯躲藏和退缩
习惯在枪套里
在隐秘的某处
只有在电影或电视中
我才是暴露的
我成了武器
成了嗜血者

枪膛　枪口　枪击　枪杀　枪决　枪毙

我形成了自己的食物链

也许在我眼里真没有

好人和坏人之分

只有懂枪

与不懂枪的人

从我胸腔里发出的轰鸣是致命的

我将看着一个身体

被我的子弹击中

我将看着一个身体

从鲜活到僵硬

看着一个表情

像油彩一样

被画师定格在画布上

扣动扳机的人

有兴奋的

有颤栗的

有抱头痛哭的

有拔腿飞奔的

有镇定自如的

有毛骨悚然的

尿裤子的人

面对血流不止动弹不得的身体
把我扔在地上
然后，过了很久以后（在他自己感觉）
像尸体一样冷静下来
开始收拾现场
夜的局部

而那些举起我
对着自己脑袋、喉咙或心脏的人
他将击中
他的信仰
与信仰缺席时的蠢蠢欲动
他将击中
他的爱情
与爱情留失时的点点伤感

我是枪
不是玩具
人类如果把我当成玩具
那是人类混乱不堪的开始
人们通常形容
枪口上猝火
那是在说我的爱情

我是枪

不敢爱上一个人

爱上了

是不可饶恕的伤害

2006. 10. 2

两个身体

一个身体是米
一个身体已经是粥

一个身体是木头
一个身体已经是木屑

一个身体是水
一个身体是盐

一个身体是冰
一个身体是冰镐

一个身体是火车发出的声音
一个身体是铁轨延伸的想象

一个身体是警察

一个身体是妓与橡胶的灿烂弧线

一个身体是民工

一个身体是皇后

一个身体是整齐的房子

一个身体是混乱的家具

一个身体是街道

一个身体是法国梧桐

一个身体是监狱

一个身体是哨所

一个身体毛孔张开

一个身体露出大峡谷

一个身体在炉火里

一个身体在炉火的炉火里

一个身体砍伐树木

一个身体随之倒下

一个身体是惊恐的人质

一个身体向尸体走去

一个身体记录时间
一个身体拆毁钟表

一个身体爆炸自己
一个身体当礼物送出

一个身体在断桥上
一个身体随着河流而逝

一个身体在想象力面前鞠躬
"大爷？想象力多少钱一斤啊？不管多少钱，给
我来十斤吧，要过冬了……"

"十斤够吗？你身体里有一百只鸭子，而每只鸭
子都要用它来长羽毛，试水温，盼春天……"

2004. 12. 21

午夜琴音

半夜三点起床
干什么
好像是要跟谁表白一样

丹青见的黑洞
风有点凉
克罗地亚的邮票展上
我看到地球的一块皮肤
往海里游

在工厂大门口
人都穿深蓝色衣服
这些出出进进的姑娘小伙
往黄昏的街边取食
迅速并且年轻

还有什么能表白此时的清静

打开一个人的博客

从上面取出琴音

我不是在思念

我只是想融化

无常的事世

我的聆听

烟敦路

呼吸多么逼真
时间在寻找容器

如果我会画画
我要把那天晚上的雨画下来
把这条路画下来
把十号咖啡馆里的每一个场景画下来
把你画下来
把我们之间的两杯橘子茶
画下来

你无疑是这张画的灵魂
你的笑容
你的声音
你端杯子的姿势

你同我谈论的问题

都是画面上跃动的色彩

都是图腾，在勾引想象

2006. 6. 11

橱窗里的一双鞋，没有小号的

在五道口……
我和同样从深圳来的阿古拉拉
像两个故乡人
吃麻辣烫，喝啤酒
那感觉就跟在深圳一样
让我疑惑，北京的这个繁闹之所
就是深圳，仅有的区别是
坐在身边吃同样食物的一群
是大学生，不是城中村的民工
麻辣烫冷得很快，是的
这一点也与深圳不同
冷风先于我们的嘴唇
先于牙齿，夺走了
它们的味道
在北京，食物的死亡多么迅速

一分钟前，它们还冒着腾腾热气

一分钟后，这些，这些

食物的尸体

仿佛一种引诱

仿佛从未说出
仿佛爱过了，三年以后
仿佛死去
"让我死去吧!"你说
满含热泪

所有的爱情

和爱情一起玩山游水

和爱情千折百回做千折百回爱

和爱情醉死在宿醉里

用记忆掐死爱情的形象掐不灭内心的火焰

用火焰烧了爱情的衣帛烧不掉灰烬的塑像

所有的爱情　　所有的爱情

所有的爱情

终归落得一首

爱情诗

每一位恋人都带走我一部分生命

我的一部分身体已被她们带走
多么奇特的分尸案
你无法想象的尸体的激情
也被她们带走

她们合谋着来爱我
从我的少年时代开始
一年一年让我赤裸着身子
将我的放任
将我的羞涩
将我的不善言词，我的夸张
合理的分担
然后将我痴迷的感官
一部分藏在冰箱里
一部分被邮包送走

一部分搁置在荒野
一部分沉入河流的底部

每一位恋人都带走我一部分生命
她们的魔术
能让我在时间里消失

末日之痒

"即便这世界明天就要毁灭,我今天仍要种下一株小
苹果树!"

——马丁·路德

从一个饱嗝说起吧!我做好了
自己的晚餐。将一个蒸得透亮的月亮
从蒸笼里取出。我像一个新掘的坟墓
对热气腾腾的尸体——充满饥饿。

我咬了一口,用扳手一样锃亮的牙齿;
再咬了一口,不需任何泪水煎熬的汤作引。
很好!我终于可以是个饱食终日的人,
可以望着这空了的碗筷,遐想路旁的乞讨。

一个月前我做了个梦,梦里牙齿在一颗颗变黑,

头发燃了起来，胃像一只古怪的章鱼
从身体里爬出。一场泥石流在我的脸上爆发，
而十个脚趾头在爆笑，从未想过逃跑。

"死亡已无意义，既然活着
已不新鲜。"这是阴茎的演讲，
它镇静得像从淤泥的洞穴里冒出头来的父亲，
给予我醒来的力量，又一次生命。

我再也不想对着城市看不见的电缆作无聊的陈述，
对这缭绕着阴霾的天空说死皮赖脸的情话，
像一个讨债者的胁迫，像一个欠债人的呼告。
世界在时间里的无辜始终是戏剧的开始。

抽一支烟吧！一支烟里藏着一张脸
抽烟就是让她得到解放。让自己
从性漂泊的旅程上返回，让世界
埋头在搔痒之中，泪水汪汪。

当青蛙跳出水面，塘里游满蝌蚪；
当我身体的牛犊，要从你的肉身抽离；
当你找到空虚的症结，问一部相机要裸体；
当相机拍下你模糊的呢喃——

我很高兴，醒过来时

灯自己亮了。我们黑暗中的爱
仍然留在黑暗里。我们光明中的爱
这一刻从床上跃起……

你学习过壁虎，将身体夹在书页中，
你用痕迹书写的四壁，让我每天翻阅。
你的捕猎，你的咀嚼，你在我身上的划痕，
——让我蹒跚到老。

是的，我就是墙壁自身——
我曾经斑驳，但被你粉刷一新；
我白得如镜，却空得只照见回忆。
不绝于耳的读书声啊！仍是你身体的翻滚。

你在我身体上的迷醉波浪涛天。
你在我身体下的痉挛落日辉煌。
我是拉满弦的弓，你是张满帆的船。
不绝于耳的读书声啊！仍是我身体的桨声。

降温之夜，我在你身体里种树；
升温之夜，我在你身体里写下遗书。
我曾经是个伤感的抒情诗人，
此刻的电波只剩下搔痒阵阵……

2004. 3. 2

A 出口

老虎从那里出来
可以变成猫
我从那里出来
遇到了眼神　丝绸　叹息和冰冷

ABCDEFG
这众多出口中我只命名了它
A 出口——爱出口
是牵引，还是指引，都是来自你
睡衣短信、发根和涂花的指甲

地铁，这城市的十二指肠
失传的爱情注定要在疾驰中浮现
在炎症不明朗之前
在病毒侵蚀言语之后

站名终于被报出

电梯举起土拨鼠

涌向光

往后的回忆

必然被你迎接

从这个出口

你添加了我

添加了某夜

我的生日、歌声和出奇的好胃口

你添加了拥抱、吻

和撞击的欢快

你添加了第一次，也就添加了第二次

添加了 60 公斤矛盾

和自己的变化

你添加了疼痛

和即将的删除

软与硬

不是地铁的双轨

而是并蒂莲的尘世感知

你的心思

不被认出

土拨鼠中的一只

不能给你带来荣光

仅仅是为你晾过一次衣服

就将你滴水的心

悬挂了起来

变成要回馈十倍黑暗的

一颗决心

再隐蔽的出口

也在银行的视野内

在医院的坐标系上

要与红灯遥望

与绿灯相惜

哪怕走 50 米，路过小餐馆、士多店，上 5 楼

与快感只隔着一只手背

与亲昵和私语隔着一个毛孔

与陌生隔着

不需按响的门铃

我说过，无休止地说过

我只是个装修工

被招来敲打自己的人生

用一个城市的倾慕

去修饰另一个城市的孤寂

不小心敲中了

一根肋骨

贪玩的纬度

这是上天的安排
我要走
A 出口

北京的 A 出口　广州的 A 出口　伦敦的 A 出口
灵魂从那里出来
都允许变成魂灵
赤裸又羞赧
好奇又恐惧
比深夜的地铁还清冷
用不到做爱的时间
故事变成事故
你将我送入 A 出口
像用梦收藏挂油画的钉子
和泥灰来不及干爽的气嗝
油画上画的是猫还是老虎
还是土拨鼠的悲伤
你已忘记

2005. 10. 10

如果我坚持

如果我坚持写博客
会有很多东西留下来

如果我坚持拍照
会有很多照片留下来

如果我坚持做爱
会有很多爱留下来

如果我坚持吃饭
会有很多饭消失

如果我坚持走路
路会越走越长

如果我坚持画画

天上会多出好多彩虹

如果我坚持听音乐

贝多芬会活回来

写另一部命运

如果我坚持什么都不做

如果我坚持什么都不说

我会更加完整

我会像一个婴儿

在空难之前

用哭声

挽留住妈妈

的脚步

2004. 12. 5

痛，载满了乘客

我愿意永远是这个城市的游客

香蜜湖，时间深处的名字
我愿意永远是你的游客
驻足在你的香甜里

西丽湖，时间深处的名字
我愿意永远是你的游客
逗留在你的波纹里

我们来自五湖四海
今天又在湖边驻足
你用我的姓名题诗
像是把轻烟刻在湖水上

我行将衰老

我行将衰老

我情窦初开

蚂蚁咬碎了我的骨头

整日整夜

风都在吹我

向你的方向

我的虚弱

融入风中

向你的方向

我皮囊内的粉末

要夺框而出

转圈的人

在文博宫，我看见一个道士打扮的人
在商店门口转着圈儿
他是店主

在机场，我看见一个青年男子
在舞台上旋转
他是演员

这一天，我们各自生着闷气
我把你送上飞机
再从城市的这端回到那端
而你将飞更远的路途
与我相遇

每一个孩子都是易碎品

一个孩子
长着长着
就破碎了

从洞穴里飞走的孩子
与母亲失联的孩子
是不断下坠的血红的瓷器
他抛开一子宫的悲伤
拒绝来到人世

每一个孩子都是易碎品
在新世界里
他们有着唯一的语言
恐惧于旧世界的暴躁
他们只做自己
轻灵的飞行器

2015. 1. 1

为美丽的头发找个美丽的归宿

美丽的头发

柔顺的头发

无言的头发

刺目的头发

眩晕的头发

天线一样的头发

它时常

接受风雨

它时常

落满灰尘

烟一样，雾一样

指明我的性别

在这个世界上

替我受难

它得到过爱抚

也缠绕过光照

它像一团乌黑的荣耀

被我当作火把

来驱逐更宽的乌黑

它是我的呼吸

细密的河流

流经无数的滩涂

它是我的瀑布

引我跌入悬崖

喻示我的勇气

也让我听到

骨头的碎裂

它是青春的屏幕

放映我的顽皮

爱情的漫长旅程

记忆的深潭

它如同桃花潭水

碧绿　　幽深

生命的长调演至发梢

叹息的波涟

层层漾开

爱悲喜舍

此刻，它是我的隔离

是我眼中的泪珠儿

我温热的细碎的夜露

我的头发

我美丽的头发

我要在世人的证见中

为你找个——

美丽的归宿

2016. 3. 24

爆炸癌

它以巨响
将地球爆出一个洞来
烈焰中
身体被焚烧的声音、气味、呼告肆散
瞬息间，这地表的人事
乌焦一片
它颤动着，冒着青烟
比废墟还冷

这是一块得了帕金森综合征的皮肤
这是一个天眼
航拍也不能阻止什么
它让我看见
又什么也没看见

我想象着

这块被爆、被烧、被烫、被烙的皮

它溃烂的过程

我想象着

该如何阻止

癌的扩散

2017. 10. 24

一声巨响之后

世界陷入哑默

烈火焚烧遗忘的蛛丝马迹

这是赤裸地表的火葬场

天空，灰头套

城市，黑眼眶

地球污浊的泪腺

张开了，又合拢了

我看到一只鸽子

在刺鼻的气息里低飞

它在找寻什么

伴侣　孩子　食物

还是炸飞的魂魄

一声呜咽

2015. 9. 18

嘴唇，嘴唇，鼻子，鼻子……

失控的鼻子

开裂的嘴唇

嘴唇嘴唇，鼻子鼻子

你的你的

我的我的

候车亭的，隧道的，天桥的

天空的

失控失控失控

汽车，斗牛场上的公牛，没有耐心的奔跑，没有痛
　　疼的愤怒

压住她，压住城市，压住街道，压住蓝色的工厂
　　制服

压住成队的站立，成排的咀嚼

压住她们手上的晚餐，压住她的嘴唇，她的鼻子，
　　她失控的睡眠

压住她压住她

别让她的嘴唇长成齿轮，与水泥亲吻

别让她的鼻子变成滚烫的塑胶，快阻止它，抱紧她
　　的滚烫，别让她

那么快地进入一个模具

那么快地进入刨光的程序

那么快地贴上标签

那么快地出厂

那么快地成为消费品，成为世界节日里的一个摆设

干干净净，流不出鼻涕

吃空气的人

湘南在寒风中跑动　跑动　跑动

他大口地吃着空气　吃下灯光修剪的树叶

吃下一块阴影　又一块阴影

吃下一个自行车轮子

吃下一辆汽车黑透了的盔甲

又一个盔甲

吃下一座城市和它坚硬的颗粒

吃下一个裸体和她无边的欲望

吃下一个捡垃圾的人和他手中的垃圾

他吃下

他用湘南的速度吃下

他用宽广吃下

他大口地吃着空气　他吃下

他被更大的空气吃到了酸楚的胃里

被更深的暗黑吃进了泥土

突然　他不见了
他被桃花源吃下

容易紧张的人

我是个容易紧张的人
我紧张什么呢？当我仅仅面对自己
面对一张白纸，房屋的一角
什么都没面对

我是个容易紧张的人
我在别人的幻想中，
在自己幻想的别人的对面
我像一只皮球
我像一堆碎纸片儿
我像一只鹰的喽叫

我是个容易紧张的人
我怕梦，我躺着
我怕铁栏杆，怕一首诗
飞着就来了

造飞机的人

他有一个梦想，他不说
谁也不知道，他不说
他的梦想就只属于他自己，他不说
他的梦想仍然每天来找他，他不说
梦想是白色是蓝色是绿色是鲜艳的红是温馨的橙
他不说
岁月就自己衰老

但他说了
他和他的梦想站在一张报纸上
显出点悲壮，又有点
可怜

女邻居

她的隔壁
住着一团虚幻的空气
当寂静开始麻木
她拨响自己的肉体
她让那边的寂静
更加没有呼吸

在习惯的遐想中
她的隔壁
肯定是城市的幽灵
当一个像幽灵一样的男人
访问自己
带走欢乐的顶峰
幽灵的门窗
同样已被时间的盲目

敲过

邻里之间
有时陷入相似的思考
以不同的方式
深居简出
本质的区别
被一墙
连接

久病成医的人

你有世界的地图
你走路
世界用秩序走你

你有心灵的药店
你有儿时的处方
你有一个细节
你光着脚丫走在一只鞋里

你有一幅上好的肠胃
你割掉了烟囱
你有一个开花的心脏
你移植了季节

你喊：痛　痛　痛
痛呀——
痛就载满了乘客

受苦的房东

刺刀与杜鹃花，
租住在我大脑里。
已有十年。像一对夫妻
感染着对方的气味——
争吵、做爱、相濡以沫，
嫌房子太小。
有一天，总是有这么一天。
杜鹃花不告而别，搬出
我的脑袋。只留下刺刀
在房间里，赤裸着身子
和思想一起酗酒，
每一天锥刺绞割
我的神经——

压迫我——去做一只杜鹃，去
啼血。每一个黎明唤喊

被朱砂印通缉的人

圆圆的玻璃罩子

用真空吻我的背

十几分钟后我背上

现出朱砂印

一个、二个、三个……十六个

这身体里揭示出来的血

像一枚枚因果

很是壮观

深深浅浅的朱砂

宣告我是被世界通缉的人

抑或真有天上的父

怕我在这世界丢失

还有多少散落的爱人

要用这通红的烙印

来寻我

吃钞票的人

拖鞋在说：热死了！

椅子在说：热死了！

床垫在说：热死了！

水龙头在说：热死了！

树叶子在说：我不绿了！

谢湘南在说：我不睡了！

三个坐在对面的打官司的人在说：

这官司我们要赢！

像是在做梦，

他们在吃饭，

他们大口大口地把钞票

往嘴里送

父母

深夜打了一个喷嚏
想起一对老年夫妻

他们不再有床笫之欢
他们盼望着儿子有床笫之欢

他们不好的睡眠
不是因为乡下的床太宽
而是因为这漫长的夜里
咋就没点响动

河里涨了水
桑树上落了一树的虫子
父要从乡下来看我
坐火车　九小时

如果买不到座位票
他将把一生中最后的旅行
交给站立

而我那跛了脚的母亲
她只能巴望着床边的拐杖
没人给她递上
小便器

天空的平衡

一个跑马拉松的运动员

矫健，迅疾

镜头一直追着他跑……

终于，他撞线了

红线从他胸前跌落

他瘫软在地

担架急跑过来

将他抬走

两分钟后，他再次出现在荧屏上

国歌声中，他昂首在领奖台

当他举起双手庆祝

示意胜利或荣耀

这难忘的时刻

我猛然发现

他的右手比左手短了半节
这是多么不和谐的画面
重心倾斜在脑袋的右边
天空似乎失去平衡

人一生要去的 20 个地方

娘胎

学校

外婆家

超级市场

公厕

医院

邮局

别人的洞房

监狱

银行

专卖店

水底

餐厅

失物招领处

别处

网上

云彩上

寺庙

可以出来的地洞

不可以出来的坟墓

（排名不分先后）

一种死法

从脚趾头开始冰冷

然后是脚掌 脚掌心 脚后跟 脚背 脚踝 小腿

肚 膝盖 大腿 屁股 膀胱内外 腰 肚皮

肠胃 肋骨 五脏六腑 肩 双手 脖子 下巴

嘴唇 腮帮 牙 鼻梁 耳

在我想象了自己死亡的方式之后

我对自己的眼皮进行了劝诫

请别再眨巴了

将希望掩藏在眼皮底下吧

我的脑门还保持足够的热度

如果没有了这古怪的热度

从脚趾头开始的冰冷

也无法成立

2007.3.8

疼痛是个发明家，高烧也是

它发明我对身体的认知

它发明

欲死之心

及解剖器

它发明

失控的骨骼如何

集合

在床单上

在木头里

在街边，有风的清冷的街边

她也许还在幸福遐想

看见一条鱼　一把青菜　一具尸体

看见卧倒的单车　变形

看见一片血　未干

看见一辆车　熄了火

看见两警察　在丈量

鱼鼓鼓的眼睛也看见了

五六个围观的人

看见坐在大巴上的我

如果这是条认识字的鱼

它也看到了

"焦岭——广州"大巴上的字样

如果这条躺在路中央的鱼

有和人一样的日历

它将铭记这是 2006 年 10 月 3 日上午 10 点 15 分

如果这条也许还有气息的鱼
有拍纪录片的特别爱好
它将用它 360 度的眼
摄下一个陌生男子从鱼缸里将它捞起的场景
被装入塑料袋再装入单车篮子里的场景
一辆货车向他们疾驰过来的场景
如果它还开了同期录音
它必然记录下了
一个男子的最后呻吟
如果它的录音开关现在还未关
它也录下了我——
一个过路人几秒钟空白的注视

黄金周已经过去很久
但我还在猜想
这一定是个结了婚的男子
他买了菜回家，要和她
过个安静快乐的假期
也许他们有了自己的孩子
而那一刻，她正在逗孩子玩耍
她的手机尚未被噩耗拨通
有几秒钟，她还在幸福的遐想
中午的鱼是清蒸、红烧，还是煲汤

阿依达，阿依达……

在接近零点的时候
莫名其妙地抽出了一张威尔第的精选

好久没听了
一个男人带些苍凉的呼唤
一个女人的
同样是来自整个身体的声音

歌剧总是让人伤感的
阿依达，阿依达……

曾经有两个独自一人的夜晚
我听到剧中的对唱
眼眶湿润
流下了眼泪

还有 8 分钟就是零点
就是新的一天

一个男人迎来了他的三十岁
……

2004. 9. 21

段作文

为采写一个工厂里的隐秘作者专题
在深圳龙岗区横岗镇大康村安康路
我找到段作文
他穿拖鞋、大裤衩、一件褪色的破 T 恤
皮肤黑得像被雨淋湿的煤块
胸前挂着一个厂证
他是一个小私营表带厂的小组长
穿过安康路蹲在厂房两边的打工者
穿过出租屋巷道间凌乱的沙堆
他领着我与我的同伴
来到他租住在七楼的屋子
屋子内除一架双层铁架床（上铺上几件杂乱行李）
一根拉在床架与窗框上的晾衣绳
一口小锅、一把菜刀、绳上的一挂衣服

别无他物

交谈在黄昏的屋顶进行
关于他的过去、现在和未来
我可以掌握的
全来自他外露牙齿启动时
低沉的讲叙——
高考落榜，从四川广安出发
曾在福建石狮山坳里
搬运过石头。1993 年
41 岁的母亲病逝。1994 年
他来到龙岗。忍受不了老板的苛刻
用"猪食"来填他们的胃
他曾在半夜起来张贴纸条
煽动工友罢工。遭到被逐的命运
从龙岗到惠州再到龙岗，因失恋
曾忘记写字。数度颠沛流离
他自己最满意的作品
是写跪在母亲坟头哭泣的散文
现在。他与老婆的工资加在一起
每月有 1800 元
现在。他有一个 1 岁的女儿
还有一个上高中的弟弟
现在。谈起写作的障碍他只有一个词：
加班。现在

他摒除乡土的自卑，有一个想法
等条件好了，买一台电脑
要写出比贾平凹还好的作品

屋顶即将转为哑色
摄影记者为他设计了一个呐喊的动作
他拿着卷成喇叭状的杂志
冲着天空喊
可我只听到快门的一声闪动

他生于 1973 年
看起来却像个 40 出头的人

小玻

名字随着心情而改变

小玻也叫小纯粹

她的膝盖痛了

在熬了一个通宵之后

她接连地叫喊晕厥

她有写不完的字，有逼不尽的稿

小玻的相片换了又换

在对话框内

我喜欢上了

她镜子里的自拍像

在凌晨 2 点

我稿写得云里雾里

她发出呼救

"救我啊，诗人哥哥

我于是回答：
"我是爱你的……
再说两遍
这话就充满感情
成了真的

另一个夜晚
我在深圳不动
小玻从宁波飞回上海
她要跟我讨论哲学
在小逻辑的扉页，展开关于
压迫的共性——
哲学家与诗人的联姻
我说：要么我去外滩作一块绊脚石
要么你来深圳当一盘辣椒酱
她嗤之以鼻，觉得
贵族的生活离她尚远

台风登陆的夜晚
我遇到小玻，她出差北京
却仍在线上。在深更半夜
我们问声好

数字化生存

40 度高温警告

100000 人参加高考

声讯电话 128128128

凡 7 月 7 日前 50 名购买空调的顾客将获得一台
　彩屏手机

闻立瘦，7 天就瘦……

7 月 7 日 5 点半

我联系了 92°Caffee Club 前去采访

与店主孙小姐聊开后

我品尝了一杯卡布基诺

我拿起相机

并用舌头探访了一杯意大利单品的泡沫

继续探讨咖啡的品尝，孙小姐介绍

在欧洲，咖啡馆都是百年以上老店

他们子承父业，经营咖啡
星期六、星期日照常关门
似乎从未想过要去扩张
我羡慕欧洲的咖啡态度
也就开了这家咖啡馆

交谈的间隙，孙小姐不停
接着电话。在华强北
她的一家餐厅正在装修
我不能用女强人这类词来形容她
对孙小姐，这肯定是一种冒犯
胡胃胃这时出现了
正是她帮我联系到孙小姐
出乎意料，胃胃有些胖
作为美食家的她
有着感性的语言，对咖啡馆场景的
想象与迷恋。一人一杯92°冰莎
她的迅速见底
而我像是有了孕娠反映
开始干呕。她并未发觉
我身体的变化，我皮肤上
像密密的星群隆起的疙瘩

92°——接近沸腾的一个温度
数字的敏感如同我此刻的眼神

再见胡胃胃，再见孙小姐

我要立刻结束两个半小时的交谈

空腹的疲惫。将采访移交到

尼康 **FM2** – 35cc 的镜头

与一台电脑里

为同事画像

他拥戴的大墨镜说

他并不是个完善的人

他喜欢未婚

一次又一次

使用海报上的张曼玉

他热爱韦伯

对刚刚来过北京的《猫》剧

有着春情似的记忆

用句号说开始

用排箫吹茉莉

生活啊！他站在磅秤上

也就75公斤

坐在的士上

也会被红灯挡住

他像风，有时住在树叶的肺部

像雨水，对树根的炎症

有着身体的接触

他像女人一样怀孕

又不慎早产，在第七个月

他生下一串未完全转型的动词

在第八个月

他生下一个乡村的脸盆

在第九个月

他的血全流完了，他排出尾气

从两腿之间

坦露出一片盐碱地

鱼骨画像

我并不是个失落的人
很多时候我有自己的爱好
爱好坐在冰冷的空气中
爱好照顾孩子、鹦鹉和金鱼
用自己的孤僻作她们的食物
可这不是健康的食品
为了她们，我四处采购
我对自己说
世界上有许多颠簸的路途
阳光藏在荆棘里

2004. 4. 9

我为什么没有拧开煤气罐

写了五千字之后

我将脸侧开电脑

目光落在 CD 架上开心果树的叶子上

我才想起已有半个月

没给它浇水

叶子枯得没了精神

我赶紧将它端到卫生间

轻轻浇水

直到觉得它的毛细血管

像刚做完美容的女人

我端起它转身

看见煤气罐

念头只是一闪而过

我觉得我有理由

拧　开　煤　气　罐

2004. 6. 8

地震

一

海底光缆坏了

杜尚，我没法和你下棋

二

亲爱的，你在哪里？

如果你的身体有了震感

请别慌张，这条短信

将为你避孕

三

那么多房子，在海边勃起

这些不安全的阳具

把海弄痛了

把地壳也顶破了

那么多的人，看见血
处女一样慌张

四
杜尚，你的《大玻璃》还安全吗？
那手持蜡烛与亮光的裸体还安全吗？

五
在中国，我正和同事们喝糖水
"我顶你个肺！"
上趟厕所要到另一幢楼房的 16 楼
电梯在空空荡荡的大厦里上下
我在电梯里
像一个士兵，有着超验
感受到电梯外的黑暗

六
人们都跑到户外
看着房子摇晃
那些平素坚硬的东西
这会儿像玩具，充满离奇与冒险
正在做爱的一对情侣
倾听着各自的呻吟和呼吸
死在自己的爱里

七

工厂冒起大火
码头受到挫折
一只海上的渔船，像一粒珍珠
迅速地被巨大的蚌收回
棋盘的方格变成不规则的石块
砸向汽车
一篇课文在担架上，接受点滴
城市里都是破碎的单词
镣铐碎成流浪猫
警察在排列银行和商店
人们跌倒在自由里

八

杜尚，这些你都拿去吧
拿到博物馆去
并请恶作剧似的在签名栏上写下
"在光辉里埋葬"
并请回来——
我收集了各色人等的尿样
我有了完全不同的棋子
我们继续下棋

2007. 2. 1

第四辑

影 像 诗 章

呈现

阳光是先热爱上屋门前列队的马桶
然后再热爱上老太太恬静的微笑的
才热爱上一张报纸
无声的新闻
热爱半夜里清脆的回响
人间的欢爱

哦！远处有火车的声音
亲爱的马桶
不为所动

学习

要向仙鹤学习

独立的姿势

要向流水学习

持续的涌动

要向一辆自行车学习

它静止不动

却依然在时间中游走

要向我学习

我独倚在自行车上的劲头

供生活的图画

学习欢快

守船人

船是码头的灵感
是河流的诗行
是我要唱而没有唱出的歌

船泊在我的耳朵里
供我倾听
无休止的波涛

船泊在我的睫毛下
让风的航行
明澈依依

街头醉汉

哥们儿，

你还没喝到西湖的三分之一，

你还没喝到东海的百分之零点一。

你就睡在了街头，

你就将瓶子，摔个稀烂。

哥们儿，

你醒醒。你要从西湖里醒来，

你要从东海里醒来。

你不醒来继续与我喝，

鲨鱼就要来吃你了。

哥们儿，哥们儿，

我已切开你的皮肤，

鲨鱼就会闻血而来。

简单的喷水救援

火苗在生长
简单的喷水射向天空

嘶喊震惊了熟睡的灵魂
没有一行诗有如甘露

谁心中有烈焰
谁就需要一支消防队跟随

谁将黑暗的缺口打开
谁就是人间的但丁

雕像

没有了手臂，
我依然立在街头。
没有了下半身，
我身上的水珠
从天空而来。
我身上的蚯蚓、污泥、血迹，
都是天空所赐。
你看见了我，
你每天与我相遇。
天空给你的你都拒挡，
而我
一概收留。

章鱼

章鱼捕获了树枝

捕获了行走的足迹

捕获了旅途中的信件

捕获了汽车与凶器

捕获了一对情侣和雪地上的殷红

捕获了城市和天空

混浊的投影和整个冬天

章鱼缓慢地爬行

慢得像我的写作

回不到海洋

耶路撒冷

太阳带来一个坏人的身影
他有礼貌的问候要踏过石阶

在中国的巡洋舰上
一个水手的胡须顷刻白了

他父亲的灵魂骑马而来
马蹄声在台湾海峡上空来回

三十九级台阶

我的心啊！柔得像你的白纱裙
在台阶上拖曳。
那无尽的阴影像阳光一样绵长——
而风微笑得没有力量，
而我的呼吸，
远远不能跟随
向上的苦难。

石阶的海洋

我从我的童年挑选出
这些坚硬的石头
这些浑圆的柱子
我从我的白发里
挑选出
缠绕的线条和纺织的音乐
原谅我！我请求你原谅我！
我想给你一座教堂
却给了你
漏风的监狱

市中心的火车

玫瑰只有黑的和白的

在火车餐车

一盘玫瑰刚刚送上

热恋中的旅客都有好胃口

他们将玫瑰花瓣送入嘴唇

黑花瓣是黑夜

白花瓣是白天

他们咀嚼着

一盘玫瑰瞬间即空

用吻追上他

用吻追上他
用弹跳和有活力的乳房
用身体的弧度
用一个春天加一个秋天
用你洗干净了又洗干净了
向上翘的屁股

用吻追上他
用蜜蜂一样的舌尖
插入他的口腔
什么都不用想
这癫狂的世界
只有你们复活的嘴唇

废墟

这儿没有门

有的只是隐匿的出入

这儿没有窗

有的只是躲闪的企盼

这儿没有声音

只有被天空收回的表情

这儿没有静寂

众多灵魂在此喧哗

我，一个闯入者

戏剧中的 B 角

没有叹息的台词

只有无尽的欢爱

我，战斗着而来

为了将 A 角的尸体

扛入车流滚滚的忏悔

罗马的生日

晚祷响起的时候
我想起罗马的生日
想起我婴儿一样的面庞

我的父亲还在打谷场上忙碌
一朵阴云飘移过来
像是要下雨

我认定那是罗马欲血的军队
从墓园里复活

谁家的荞麦这样香甜
我默然想起早逝的母亲
她不在战场上
她被鲜花环绕

汉江中的码头

那遥远的不可触摸的一幕
是汉江中的码头
那被岁月的潮声淹没了的
是汉江中的码头
那被意大利神父带走了的
是汉江中的码头

穿袍子戴毡帽的人
聚在汉江中的码头
聚在这水边的人生
他们要将落日运走

宇宙结构缩影

我们别吵了！亲爱的。
当我们从山上下来，
在草坪上我摄下你和天空，
天空中的云和三根高压线。

天多么蓝！我们还有什么需要争吵。
当我们做完爱，感觉到肚皮疼痛。
我们相互拥抱着，
完全是一个宇宙。

咬住铁钩

用我的尸体咬住铁钩，
用怒睁的眼球，
给世界的快门曝光。

过往的行人，
请原谅我！
我是一条咸鱼，
我内心也有风景。
如果在街头的晾晒，
没有阻挠你，没有
让人间的温情
绕道而行。

带走我吧

带走我吧

带走我身体的下垂与衰老

带走这人世上

难堪的回忆

太阳多么博大

当它光顾我的额头

将我的鼻子拉长

插入另一世界的芬芳里

将我的嘴

像弹簧一样拉开

又无法收回

友人的抽象拼贴

他的眼睛

不知在哪幢建筑里

窗户给出了

世界的边界

他身体的桥

有彩虹的味道

当他并不依靠哭泣

给出记忆的残缺

一张脸

又一张脸

又一张脸

一幢房子

又一幢房子

又一幢房子

你眼神里有一条船
细节在破碎之中给出了
太多的航道

一切都准备好了

一切都准备好了
这些弯曲的脖子
这些偶像的衣裳
这些弄堂里
叮当的响声
这些自行车
高昂的扶手
这些太阳伞
收缩又耸立的依靠

一切都准备好了
生活的麻辣酱
昨夜里梦的蜜汁
一切都沾上了
这火炉的气息
炙烤前
静默的阴凉

猜猜我是谁

请对着这城市的下水道
猜猜我是谁

我是昨夜里
你梦中的人
我是等待过马路时
站在你对面的人

红灯停　　绿灯行
绿灯行　　红灯停

当你被城市的键盘不停弹奏
东张西望，或者将身体的影子
弯曲成团
我已与你
擦身而过

游行演习

这不是向左走或向右走
这不是睡衣里的暧昧
不是法西斯在收集
人类的背影

这是面对另一星球的
一次小合唱
1、2、3
并不全为战场准备
它是三个音阶
它是战斗机下
盛开的速度
和平的岛屿

我迈出了一只魔幻现实主义的脚

我迈出了一只魔幻现实主义的脚
在坚硬的混凝土上
在方与圆的拉锯中
我像一棵秃树
只剩下了囚禁的根部

我仍然要向前行走
你看不到我的身体
但你一定能听到
混浊的敲鼓的声音

整条巷子都是湿的

整条巷子都是湿的
下半身，下半身
多么纯洁的存在
在街头的污水中

警笛鸣响
警车带走了凶犯
路口有披雨衣的人
自行车轮胎
露出半个
像这瘫倒在地的
模特的身躯，留下
无尽的猜想

车站后面

我跳了起来
跨过城市的积水
与自己的影子
我要去追赶一辆火车
我要去追赶时间后面
我的存在

早晨多么安静
楼房在天空里
肩并肩地麻木
铁栅栏一直在延伸
它要把我的脚步追随

跳跃水洼

我有自己的天空
那是在伞下
我拎着沉重的包裹
跳跃起来

我的跨越已被你目睹
当雨停下来
世界迈出它清新的脚步
我也找到一个落点
一个人
一个生活的原形
在前方等我

告别旧洋房

废墟是从童年开始的

课间午后

当画面倾向于

眩晕的影子

请跟随我的叙述

我梦中的跳跃，城市中

倾塌的声音

请跟随这种

瓦砾上的成长

像跟随一缕风

从积水上消逝

排比句

我正在数树，排比句路旁生花
一棵树、二棵树、三棵树
安静的树，路灯下，月亮下
泛白的树

女友打来电话
她也加班，也走在回家路上
可语气恐慌而紧张
她看见一群人在殴打一个人
他们要将他
往死里打

彩排

跳舞的女子举扇列队
她们选择午夜、空旷和寂静

胳膊、腰肢和腿
她们触碰我疲惫的红外线

动作整齐，凌空跃起
她们是有追求的人

我也有
一步步　我沿着楼梯向上

瓦罐煨汤

它不是田纳西州的坛子
城市之中，它在低处
靠近吃饭人的肚皮
安然若素，形成引诱
它硕大、显眼、热香缭绕
像有钱人家的四姨太太
怀了宝宝，就十全十美

它不是田纳西州的坛子
它在深圳
与肉体为伴

塔吊

从容，不必呼吸紧促

这是我重新仰望的事物

没有讨薪的民工趴在上面

它平衡、庄严、不倾斜

我可以放心仰望

给它想个称心的比喻

它是约伯的天平

用未完工的大楼，黝黑的大楼

称着夜的重

这重里有我吗？

女儿的酣睡声

在千里之外

漆黑

900 元的房租，我住在路旁
与深南大道平行，它要经过车流
大巴、中巴、的士，深夜的泥头车
和垃圾装运车、救护车、消防车、警车
车子在河床里奔流
我无法数清

写稿到 2 点，从办公室步行回家
在路旁，我抬头望那房子
那空中的漆黑
我就要去填充

情欲

两个人抱在一起啃
啃对方的脸
他们的情欲多么结实
水泥路面叮当作响
那是车轮滚滚
要掩盖
人世的纷争

玻璃上滑过因纽特人的雪撬

玻璃上滑过因纽特人的雪撬

冬天来了

街口烤羊肉的炉子上

火焰在滋滋爆烈

爱草原吧

当你咀嚼肥美的羊肉

爱身边的人

她挽着

午夜哆嗦的风

法西斯

不爱惜自己，他露宿树下
虚弱的身体像一个法西斯
盖着单薄的被毯
寂静中的咳嗽
如夜空中的纤维
脏兮兮的编织袋
他，还有她，还有他们身边的垃圾
不搂抱着取暖
他们是一个集体

水果

我搜索一个深圳的比喻
夜里，我又遇上那个卖水果的女人
前夜，她找给我五十块钱假币
我走到她面前
新鲜的水果认出了我

罗小姐

罗小姐脱裤子
她是一个做母亲的人了

罗小姐唱歌
她还不是一个合法的妻子

罗小姐，罗小姐
你虚构的观众里有我
当你路过婚纱店，流着稀薄的
眼泪。那也是我每天经过的地方

乞讨

她的脸在车玻璃上哆嗦
她的碗在车玻璃上哆嗦
她连命都不要了
还来讨几个钱

绿灯，快些快些亮
我要做一个硬心肠的人
我要摆脱她
我要将她
从一场车祸的噩梦里
甩出来

站台

站台在等待自己的乘客
它将人世的丑陋
送上了白天的巴士

黑暗中的旅行家来到了
两只脚是自费的
两只眼睛是自费的
他拉到的唯一赞助
不是贫困的追杀

撒娇到底

朋友相聚，舌头是纠集的火焰

从抚慰各自的毛发开始

除了撒娇

再没有合适的语言

谈论爱情就像谈论一阵风

谈论天气不如

呷一口冰镇啤酒

从雏妓谈到鸭子谈到禽流感

谈到监狱与念佛

餐桌是方的　地球却是圆的

驴肉与茶树菇的伴炒

就像用餐之前

在《撒娇》诗刊上的题词

各人都有将娇撒出的意愿

却无法将体温留在纸上

来点胡椒面吧，再来一打鸳鸯馒头！
毕竟是情人节前夜
蓝玫瑰涨到 800 元一支
空腹不能带来更多的情欲
24 小时之后　　爱情的标价
才能落到原位

写在 10 路公共汽车上

我的前排与过道里

坐着并站着

这个城市的元音

他们拥挤成同一个单词

他们都有家可归

她们将在不同的句子里

将身体转换

她们的睡姿上

有我偷窃的痕迹

在这首诗里

你成为赞美的帮凶

你的默默念诵

将加深人世的误解

天空怎么啦？

天空像一个死人的脸

一个不甘心死去的人

放大了他的身体

他铅灰的身体向大地压来

向城市压来

向中巴上的我压来

每两分钟死一个人

在汽车轮下　他们的血

由红变紫

由紫变黑

由黑变无

每两分钟就有倍数的人在哭

就像这凶猛的雨

就像这复仇的箭

聋了、瞎了、哑了、哭了，请允许我

世界，请允许我

请允许我在某一时刻听不到你

听不到尖啸

听不到警报

请允许我

请让我选择性地看不见

看不见车毁

看不见人亡

看不见一个人在暴打另一个人

看不见行乞人烧烂的躯体

请允许我像一头猪

做这个世界的哑巴

即使说出来的话

你也听不懂

世界，请允许我

请允许我不由自主地哭泣
请允许我再恋一次爱
哪怕是爱上一块石头
也请让我抱紧它
让我将体温
慢慢给它

透明的银行

在这个城市有一座透明的银行

三十岁，我正在发育
我长了一颗牙

可惜它不是金牙
不然我就可以把它存进银行

我就可以称赞
我身体的部分
多么透明

不动产

房子在那不动

等着人去看

就像一个人在你心里

占据了位置

她不在痛处

就在痒处

她不在痒处

就在结石处

去抓去挠

这个人还是不动

她隐藏

远得就像挂在眼眶的湿润

房子真的值得买吗

从 25 层到 5 层

声音在小

崭新的房子都是胎盘

小孩是一个噪音

远方是一个情人

她不住房子

她在深夜的钟声上游弋

当、当、当

是石头在敲你的身体

蜘蛛跳舞，在天上

蚊虫鼓掌，在海边

电梯内的木架尚未拆除

引力来自谁的内心？

黑夜把地球转手给白天

人是无从分辨的好处费

黄昏中的 100 个马桶

层层叠加

这就是世界的壮丽

北环路轮子在飞

一个问题被烧灼

杜甫是一辆救护车

李白是一辆消防车

而你要做一辆洒水车

行驶在后面

绿化一个被包裹的愿望

谁不需要真正的隐蔽

谁就别去亲手垒起建筑

别用一个吻
去靠近坟墓
别用一个位置
摆放正午的盛开
鲜花。是一个诺言
是拥抱，也是诅咒

在孩子的舞蹈中

在孩子的舞蹈中

我芬芳地迷失

我的群体变轻

我的哮喘复发

我是一个骑自行车的人

在雨中，有湿漉的轮子

不在雨中，有干渴的期盼

昨夜，我在人堆中寻找异性

用肥大的身子扑住一只拉丁舞鞋

用舌头充当

一根头发的捆绑物

世界的软体动物

跟着我一起颤栗

我没有理想——

在美的脚跟

失去了交配的冲动